LETTRE PASTORALE

DE

MONSEIGNEUR L'ÉVÊQUE DE PÉRIGUEUX ET DE SARLAT

A L'OCCASION

DE SA PRISE DE POSSESSION

ET DE

SON ENTRÉE DANS SON DIOCÈSE.

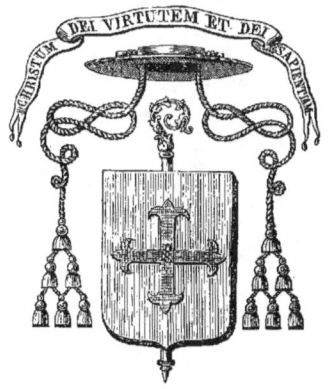

PARIS,

IMPRIMERIE ADMINISTRATIVE DE PAUL DUPONT,

Rue de Grenelle-Saint-Honoré, n° 45.

1861

LETTRE PASTORALE

DE

MONSEIGNEUR L'ÉVÊQUE DE PÉRIGUEUX ET DE SARLAT

A L'OCCASION

DE SA PRISE DE POSSESSION ET DE SON ENTRÉE DANS SON DIOCÈSE.

———

CHARLES THÉODORE **BAUDRY,**

PAR LA GRACE DE DIEU ET L'AUTORITÉ DU SIÉGE APOSTOLIQUE,
ÉVÊQUE DE PÉRIGUEUX ET DE SARLAT,

AU CLERGÉ ET AUX FIDÈLES DE NOTRE DIOCÈSE,

SALUT ET BÉNÉDICTION EN NOTRE-SEIGNEUR JÉSUS-CHRIST.

———

NOS TRÈS-CHERS FRÈRES,

Une profonde émotion s'empare de Nous, au moment où notre
cœur vous envoie la première et la plus chère de ses bénédictions,
au moment où notre main va tracer ces lignes, qui devront subsis—

ter comme un témoignage de l'alliance que nous venons de contracter avec vous.

Notre Seigneur Jésus-Christ, prince des pasteurs, Nous envoie vers vous, comme Dieu son Père l'a envoyé au monde, pour bénir et pour sanctifier, pour être dispensateur de la lumière et de la vie. Désormais Nous ne devons plus vivre que pour vous; Nous devons nous dépenser tout entier pour le salut de vos âmes, et dire comme l'apôtre : « Je donnerai tout avec joie, et je me donnerai moi-même en surplus pour vos âmes; « *Ego autem libentissime impendam et superimpendar ipse pro animabus vestris* » (1).

Mon Dieu ! par quels impénétrables et insondables conseils avez-vous accompli ces mystères ? C'est donc vous, Seigneur, qui, prenant encore le pauvre dans son indigence, avez résolu d'en faire un des princes de votre peuple ! « *De stercore erigens pauperem, ut collocet eum cum principibus, cum principibus populi sui* (2). » Nous avons la faiblesse de David; mais sommes-nous comme lui agréable à vos yeux ? Notre maison est obscure comme celle de Saül; mais avons-nous sa force? Avec Moïse, nous avons aimé la solitude et le désert; mais avons-nous su comprendre les visions où vous révélez votre nom et votre gloire ? Nous avons aimé le commerce d'un peuple saint dont le cœur est simple et droit; nous avons fui les vaines et stériles agitations de l'assemblée des mondains; nous avons fréquenté les écoles de votre sagesse; mais avons-nous reçu l'Esprit que vous communiquez à vos Saints?

N. T. C. F., si Nous n'eussions considéré que notre faiblesse, et la grandeur d'un fardeau qui effrayerait les anges eux-mêmes,

---

(1) 2. Cor. xii. 15.
(2) Ps. cxii. 7-8.

notre devoir eût été de nous soustraire à des obligations qui nous semblaient au-dessus de nos forces. Comment donc avons-nous été amené à nous laisser imposer ce fardeau que nul, s'il n'est appelé de Dieu, ne peut supporter sans en être écrasé ? Pour vous l'expliquer, il faudrait vous exposer l'enchaînement mystérieux des desseins de Dieu sur nous. Mais, nous-même, nous avouons ne pas les comprendre ; et, dans l'étonnement mêlé d'effroi où ils nous jettent, nous aimons mieux les adorer que les scruter. Laissez-nous cependant vous dire ce que nous en avons entrevu, en même temps que nous adresserons nos derniers adieux à ceux que nous quittons. Ces premiers et derniers épanchements de l'amitié contribueront, je l'espère, à vous lier plus indissolublement d'amour à nos destinées : ils vous prouveront du moins que le désir de travailler au salut de vos âmes a pu seul nous arracher à une vocation et à des devoirs auxquels nous avions consacré notre vie tout entière.

Ces communications d'un pasteur aux fidèles qui l'écoutent ne sont point rares dans l'histoire de l'Église; au moment même où nous avons dû prendre les graves déterminations qui nous unissent pour toujours à vos plus chers intérêts, nous en lisions un bien remarquable exemple dans les écrits d'un grand Pontife, de saint Grégoire, évêque de Nazianze. Qui ne sait comment l'illustre théologien rendait compte à son peuple, dans un sublime discours, des craintes qui l'éloignèrent d'abord du sanctuaire, jusqu'à lui faire prendre la fuite pour en éviter l'éclat; puis de l'amour et de l'obéissance qui l'y rappelèrent et l'y fixèrent pour toujours?

I. Nous vous dirons donc, N. T.-C. F., que nous venons à vous envoyé par le successeur de Celui à qui Notre Seigneur a dit : Pais mes agneaux, pais mes brebis : « *Pasce agnos meos...., pasce*

2

oves meas (1). » Aucune doctrine ne vous est plus chère que celle qui vous a été transmise sur l'unité de l'Église, et sur l'obéissance qui lie tous les fidèles au Souverain Pontife institué par Jésus-Christ pour en être le chef. Cette doctrine, qui fait votre gloire, fait en ce moment notre force et notre consolation. Nous avons obéi à la voix de Pierre. Nous pouvons tout espérer ; N'est-il pas écrit : « celui qui obéit remportera des victoires : *Vir obediens loquetur victoriam* (2). »

N. T. C. F., la voix du vicaire de Jésus-Christ, du saint et vénéré Pontife qui veille avec tant de sollicitude aux destinées de l'Église, s'est fait entendre à nous; elle répondait à la voix du Prince qui veille aux destinées de la France. Ces voix unies représentaient pour nous, l'une les espérances de l'éternité, l'autre les intérêts du temps présent. N'était-il pas de notre devoir de suivre ces signes venus du ciel et de la terre et d'y reconnaître la volonté de Dieu sur nous?

Nous avons craint longtemps de nous méprendre : les devoirs qui nous étaient imposés nous paraissaient si redoutables, que nous ne pouvions nous défendre de sérieuses hésitations.

Pieux et vénéré Cardinal que Dieu a donné en ces jours périlleux au siège de la première ville de France, vous qui servez l'Église avec tant de prudence et de sagesse, vous qui m'aimiez comme un père, vous avez fait cesser mes doutes en me disant : « Allez, prenez confiance, Dieu vous appelle» : vous avez guidé mes premiers pas, vous me soutiendrez encore dans l'avenir.

Vénérable métropolitain de la belle province où Dieu m'envoie, vous fûtes le premier à me donner une bénédiction, qui m'était si

---

(1) Joa., XXI, 16, 17.
(2) Prov., XXI, 28.

nécessaire au moment où j'entrais dans la voie nouvelle que vos paroles et vos exemples m'aideront à parcourir dignement.

Saint Pontife, dont le diocèse d'Angers s'honore à si juste titre, et vous, dignes Prélats, que je ne puis tous nommer ici, mais dont j'ai pu mieux que personne peut-être, dans ma solitude, reconnaître et apprécier la sagesse et la vertu, je n'oublierai jamais vos douces et affectueuses paroles; elles ont relevé mon courage; et, malgré mon inexpérience, j'entre avec confiance dans vos rangs, certain d'y trouver conseil et appui.

Dignes enfants du pieux Olier, de celui qui fut et qui sera toujours mon père, chers et vénérés Confrères, dont j'ai pendant vingt ans partagé les travaux, à vous aussi, à vous surtout, je dois une parole de tendresse et de regret! Votre cœur, sans doute, l'avait déjà devinée dans le mien, mais il est des moments où il ne suffit pas de penser et de sentir, il faut encore répandre son âme dans l'âme de ceux qu'on aime! Je vous le dis avec tout l'amour qui porta vers vous mes premiers pas, guidés alors par M. de Courson, cet homme éminent, dont la France a honoré la mémoire, et dont saint Sulpice aime à associer le nom à celui des Olier et des Émery : si je m'éloigne de vous, vous resterez toujours présents à ma pensée.

Vos graves et saints travaux ne consistent-ils pas surtout à suppléer les Évêques dans une de leurs fonctions les plus augustes et dans un des devoirs les plus sacrés de leur charge? Ce qui distingue l'Évêque du Prêtre, c'est surtout le pouvoir qu'il a de communiquer le sacerdoce, et de donner à l'Église non pas seulement des enfants, mais des pères. Pour former un prêtre, deux choses sont nécessaires : le caractère et la grâce. L'Évêque confère par l'ordination le caractère que doit accompagner la grâce; mais les dispositions nécessaires pour participer à cette grâce, l'esprit, les vertus exigées pour exercer dignement les pouvoirs divins, l'Évêque s'en remet à vous du soin de les communiquer. Dieu vous a choisis pour remplir au nom des Prélats de l'Église ce saint office : en nos jours où la sollicitude pastorale est distraite par tant de soins divers, et où les âmes, plus étrangères que jamais aux mystères de la grâce, sont si peu préparées d'avance aux redoutables fonctions du sacerdoce, il importe que de sûrs et religieux asiles soient créés pour y garder les espérances du sanctuaire; il faut à l'Époux un jardin mystique, clos et fermé aux profanes, toujours arrosé des eaux de la sagesse : là, s'opèreront les plus intimes communications de la grâce et de l'amour divin. Là, seront préparés par l'étude et par la prière les ouvriers que Dieu choisit pour son œuvre. Les séminaires sont ces asiles sacrés, ces retraites bénies, ces camps du Seigneur où l'on apprend, dans le silence, à vaincre le mal et à faire violence à Dieu même pour obtenir qu'il bénisse encore son peuple.

Que Dieu, qui vous appelle à cette œuvre sainte, la protège toujours! que la semence précieuse qui vous est confiée se multiplie en vos mains, comme le froment se multipliait autrefois sous la garde de Joseph! Que vos demeures toujours abondantes soient pour l'Église sa couronne dans la prospérité, sa défense dans l'adversité.

Jeunes élèves de Saint-Sulpice, vous auxquels a pu seule m'arracher la voix de Dieu, vous, mes élèves, mes amis et mes enfants, ai-je besoin de vous dire encore que votre souvenir ne me quittera pas? Le dévouement que je vous avais promis m'a longtemps tenu comme en suspens; le devoir seul a pu me séparer de vous, et briser les liens et les rapports intimes qu'avait formés une confiance profonde! Ah! conservez-moi votre affection comme je vous

ai laissé la mienne! Obtenez-moi par vos prières le secours puis-
sant de Dieu!

Nous comptons aussi sur vos prières, prêtres pieux et zélés, formés sous nos yeux dans la retraite du séminaire, et qui maintenant
édifiez par vos vertus et votre doctrine tous les diocèses de France.
Vous avez voulu inscrire vos noms sur les insignes de notre épiscopat ; ils étaient déjà gravés dans notre cœur ; ils seront là un
témoignage visible de notre union dans les mêmes convictions de
la foi et dans les mêmes aspirations de la piété. Ces ornements,
avec leurs sens mystiques, nous seront à tous un symbole nouveau
du sacerdoce de Jésus-Christ, je les porterai seul, mais, avec moi,
vous serez revêtus de Jésus-Christ, dont ils disent la grandeur et
la gloire : « *Induam sacerdotes salutari.* Je revêtirai les prêtres
de sainteté(1). »

Pères vénérés, Frères bien-aimés dans le sacerdoce de Jésus-
Christ, que vous dire en ce moment? Je me sens brisé par la douleur d'une cruelle séparation, et cependant mon cœur surabonde
de joie au souvenir de notre union si douce et si intime! Il se livre
à l'espérance, il attend tout de vos vertus et de vos prières. Non,
jamais je n'oublierai ces jours où, recueillis aux pieds du Sauveur
Jésus, et sous les yeux de Marie, nous livrions nos âmes avec une
ardeur si grande à l'amour de la vérité, à la contemplation des
éternels conseils de Dieu!

Comme la vérité divine qui en est le principe, comme la charité
qui en est le lien, notre union subsistera toujours.

II. Vous nous avez bien permis ces épanchements de reconnais-

---

(1) Ps. CXXXI, 16.

sance et de tendre amitié, vous, N. T-C. F., à qui désormais nous donnons toute notre vie. Maintenant que nous avons, par amour pour vos âmes, quitté ce que notre cœur avait de plus cher sur la terre, nous avons bien le droit de vous dire : Donnez-nous, vous aussi, votre affection et votre dévouement; c'est pour Dieu et pour votre salut éternel que nous vous les demandons !

En apprenant combien vous avez pleuré le Père que Dieu vous avait donné et qu'il a rappelé à lui, nous avons partagé vos douleurs et vos regrets; mais nous y avons trouvé, laissez-moi vous le dire, un grand motif d'espérance et de consolation pour nous-même. Un peuple qui aime ainsi ses pasteurs est un peuple dont le jugement est bon et dont le cœur est droit et généreux ; ceux qui ont su apprécier et récompenser d'une si tendre reconnaissance l'amour et le zèle apostolique sauront aussi nous soutenir et nous encourager dans nos épreuves et dans les travaux que Dieu nous inspirera d'entreprendre pour la même cause.

Le pieux prélat que vingt années de dévouement ont rendu si justement cher à son peuple, du haut des cieux où Dieu l'a placé, veillera encore sur son œuvre. Je ne puis espérer, Mes Frères, que vous retrouviez en moi ses talents, ses vertus, sa longue expérience ; mais comme lui, du moins, je me donne à vous tout entier, et, à ce titre, j'aurai quelque droit à l'affection et au respect dont vous l'avez entouré.

N. T.-C. F., Nous ne saurions mieux vous faire connaître les intentions qui nous animent qu'en vous disant combien nous serons heureux de pouvoir marcher sur les traces de ce digne prélat. Nous venons recueillir les fruits de la semence qu'il a jetée pendant vingt années d'un laborieux épiscopat; en marchant dans les sentiers qu'il a tracés, nous essayerons de continuer le bien qu'il accomplissait avec tant de sollicitude. Nous reprendrons le cours de ces visites pastorales que la mort seule a pu interrompre, dans lesquelles se manifestaient son zèle à courir après la brebis égarée et son amour pour les âmes vertueuses, auxquelles il prodiguait les encouragements de sa puissante parole. Puissions-nous y apporter, comme lui. le tact exquis des relations sociales, la prudence, la vigilance à maintenir la discipline ecclésiastique, la douceur unie à la fermeté pour réformer les abus et encourager le bien!

Nous étudierons tant de bonnes œuvres fondées sur tous les points du diocèse, surtout dans la ville épiscopale ; œuvres si utiles, où l'enfant et le vieillard, le sage et l'ignorant, le riche et le pauvre reçoivent la salutaire influence de la vérité évangélique et des institutions du christianisme.

Mais, nous avons hâte de vous le dire, au premier rang de nos affections et de notre sollicitude seront ces séminaires destinés à former un clergé distingué par la science et par la piété. Là sont les espérances de l'avenir : « *Spes messis in semine* », disaient nos pères. Quelle joie n'avons-nous pas éprouvée en apprenant l'ordre admirable établi par notre vénéré prédécesseur dans ces pieux asiles! Vous qui reçûtes de lui l'importante mission que vous remplissez dans ces demeures bénies, comptez sur toute notre affection !

Avec les séminaires, qui sont le berceau du sacerdoce, le clergé de notre diocèse aura la plus grande et la meilleure part de notre sollicitude. Peuple béni de ce diocèse, nos soins paternels s'étendront sur vous tous ! Mais comment aller à chacun de vous? Nous ne le pouvons que par les prêtres que Dieu nous a donnés pour coopérateurs : ils tiennent près de vous notre place ; nous vous dirons souvent, et déjà nous aimons à vous l'écrire, aimez-les, respectez-les, ces pasteurs, comme vous nous aimeriez, comme vous nous respecteriez nous-même. Si nous tenons près d'eux la place de Jésus-Christ, ils sont près de vous les envoyés du Sauveur : ne disait-il pas à ses apôtres : « Celui qui vous écoute m'écoute, celui qui vous reçoit me reçoit. (1) » Fils bien-aimés, aimez vos pères dans la foi! Et vous, nos frères dans le sacerdoce, vous que la Providence nous appelle à aider et à diriger dans vos travaux, aimez votre troupeau comme Jésus-Christ a aimé son Église, jusqu'à vous livrer pour lui : « *Christus dilexit Ecclesiam et seipsum tradidit pro ea.* (2) »

Notre sainte et vénérable Église se rattache aux Apôtres et à Jésus-Christ même par une chaîne d'illustres pontifes qui ont toujours eu à gouverner dans son sein un peuple fidèle et un éminent clergé. Sa gloire se confond avec la gloire de l'Église de France et, j'ose le dire, avec la gloire de l'Église universelle.

Le grand pontife Innocent 1er affirme (3) que les Gaules n'ont eu d'Églises constituées que par ceux mêmes que saint Pierre et ses successeurs ont établis évêques. Sa parole, fût-elle contestable pour d'autres Églises, serait toujours vraie pour l'Église de Périgueux. Les traditions qui rattachent la suite de ses pontifes à saint Front et saint Front à saint Pierre, disciple de Jésus-Christ, ont résisté à toutes les discussions de la critique, et aujourd'hui, plus respectées que jamais, elles obtiennent l'adhésion des plus graves esprits.

C'est pour la première fois, glorieux saint, que votre nom tracé par ma plume vient faire battre mon cœur d'espérance et d'amour. Salut, glorieux et saint pontife, protecteur de notre peuple et de

---

(1) Luc, X, 16.
(2) Ephes., V, 25.
(3) *Ep. ad Decentium.*

notre épiscopat! Soyez-nous propice, et demandez pour nous au prince des Apôtres, dont vous fûtes le disciple, qu'il nous inspire son humilité, son esprit de pénitence, son ferme et simple amour pour la personne de Jésus-Christ, son maître.

Soyons heureux, mes Frères, de devoir à un disciple de saint Pierre le bienfait de la foi qu'il apporta dans nos contrées : cette circonstance, à jamais précieuse pour nous, nous lie plus directement, plus indissolublement au centre de l'unité catholique.

Une autre circonstance de la vie de notre glorieux patron mérite d'être ici rappelée : saint Front fut l'ami et le coopérateur de saint Georges, qui fonda l'illustre Église du Puy (1). Notre saint protecteur nous rattache ainsi à cette célèbre Église, où Marie s'est toujours plu à manifester sa gloire et où elle a reçu, de nos jours, dans ces temps de douloureuses angoisses, une des plus solennelles et des plus religieuses ovations dont les siècles chrétiens aient gardé le souvenir. L'Église du Puy, dont les Anges eux-mêmes ont été les consécrateurs, et qui revendique si justement le titre d'*Angélique*, nous sera toujours chère! Humble fils du pieux Olier, nous aimions, à son exemple, à lui offrir le tribut de notre vénération : successeur de celui qui fut le frère de son apôtre, nous avons acquis envers elle une nouvelle dette d'amour et de reconnaissance! L'amitié de son pieux évêque nous sera à jamais précieuse. Puissions-nous dans nos mutuels rapports faire revivre, après dix-huit siècles,

---

(1) La tradition la plus vénérable atteste que saint Front et saint Georges furent disciples d'abord de Notre-Seigneur, puis de saint Pierre, qui les envoya prêcher dans les Gaules. Elle ajoute que, saint Georges étant mort durant le voyage, saint Front le ressuscita par l'attouchement du bâton de saint Pierre. On peut voir l'histoire de ces faits dans le grand et bel ouvrage de M. Faillon, prêtre de Saint-Sulpice, qui a pour titre : *Monuments inédits sur l'apostolat de sainte Marie-Magdeleine en Provence*, 2 vol. in-4°, Migne, 1848, tome II, page 387. — C'est là le souvenir précieux que nous avons voulu rappeler dans notre sceau épiscopal,

quelques- uns des grands exemples que donnèrent à l'Église nais-
sante la foi et la piété de nos saints patrons !

Et toi, Épouse bien-aimée, Sainte Église de Périgueux et de
Sarlat, glorieuse fille de l'Église romaine, tu as bien le droit, en
célébrant la gloire de ton fondateur, de chanter cette belle parole
du Psalmiste : Dieu ne s'est pas montré envers tous aussi prodigue
de ses faveurs : « *Non fecit taliter omni nationi* (1). Que ce
Dieu de miséricorde continue à étendre sur toi sa puissante protection! Ce qu'avant tout j'aimerai en toi, c'est ton fidèle dévouement à l'unité catholique. Jésus-Christ a fait des successeurs de
Pierre le centre indestructible de cette unité ; tu saurais la première
signer de ton sang cette foi qui vit dans le cœur de tous tes fils.

Hélas ! pourquoi faut-il qu'une tristesse se mêle aux joies que
ces pensées nous font éprouver? Pourquoi de funestes souvenirs
viennent-ils troubler nos actions de grâce? Un nombre, hélas ! bien
grand de nos frères séparés vivent dans ton sein sans vivre de ta
vie !

Les violents orages qui agitèrent le monde, il y a trois siècles,
séparèrent du tronc ces branches précieuses. Des familles entières
ont quitté le sein qui les avait nourries, et elles ne connaissent plus
leur mère ! O vous que les aspirations vers une spécieuse, mais
trompeuse réforme, ont jusqu'à ce jour retenus éloignés de l'unité
et privés du couronnement glorieux de croyances que l'union à
l'Église catholique peut seule vous donner, nous vous dirons :
Frères toujours chéris, quoique séparés de la famille, vous aussi
vous êtes aimés de nous! Ah! s'il ne faut que nos labeurs et nos
soins pour vous prouver notre dévouement, vous les aurez! Puis-

(1) Ps. cxlvii, 20.

sions-nous être assez heureux pour ramener au bercail de l'Église quelques-unes de ces âmes, et pour leur faire goûter la paix que l'on trouve seulement dans l'unité de la sainte Église fondée par Jésus-Christ!

Ainsi, mes Frères, s'offrent à nous des craintes et des espérances: Dieu nous dit de nous préparer au combat; mais il est le Dieu des victoires. Le sentiment de notre faiblesse, par cela même qu'il appelle sur nous l'aide de la puissance divine, nous donne confiance. Nous marcherons résolûment dans la voie qui nous est montrée : tel nous sommes dans ces lettres, tel, nous l'espérons, vous nous trouverez dans nos actes.

Nous le savons, N. T.-C. F., déjà bien des dévouements précieux nous sont acquis. Ce que la faiblesse d'un seul serait impuissante à réaliser ou même à entreprendre deviendra facile par le concours de plusieurs et l'union de tous.

Un chapitre aussi distingué par sa piété que par sa science sera toujours pour nous une lumière et un conseil.

Un clergé dont tous les membres sont animés du véritable esprit du sacerdoce, et qui compte un grand nombre de vétérans déjà blanchis dans les travaux d'un laborieux ministère, nous fournira des ouvriers pour l'accomplissement de toutes les œuvres utiles.

C'est encore avec une grande joie que nous aimons à arrêter nos regards sur ces corps religieux que la Providence a donnés au clergé de notre diocèse pour l'aider et le suppléer dans beaucoup d'œuvres que son zèle, déjà absorbé par tant de travaux, ne saurait suffire à accomplir par lui-même. Béni soit Dieu, qui inspira à notre vénérable et pieux prédécesseur la pensée de donner à son diocèse ces canaux de doctrine et de grâce qui portent partout la lumière et la vertu! Ici, les enfants d'Ignace se livrent avec un dévouement toujours apprécié par les familles chrétiennes aux durs labeurs de l'enseignement et de l'éducation de la jeunesse. Là, les enfants de Saint-François d'Assise donnent, avec la parole évangélique, l'exemple de la pauvreté, de l'abnégation et de toutes les vertus chrétiennes. Dans leur chère solitude de Vauclaire, les dignes fils de Saint-Bruno prient pour nous ; ils présentent sur la terre le modèle d'une vie tout angélique : signaux vivants venus du ciel pour nous avertir de détourner nos regards de ce qui passe et de ce que le temps emporte, et pour les fixer sur les biens éternels : « *Non contemplantibus nobis quæ videntur, sed quæ non videntur* (1). »

Au concours que nous promet l'action des ordres religieux de prêtres joignons celui que nous pouvons demander aux autres corps religieux, composés de simples fidèles. Dans ces diverses congrégations se réunissent, comme autant d'aigles mystiques qui ont pris leur essor vers l'éternité, les âmes généreuses qui ont dit adieu au monde et à ses intérêts, pour se consacrer tout entières aux intérêts de Dieu et du prochain.

Quoiqu'ils en soient souvent la partie la plus cachée, les ordres religieux sont une grande force pour l'Eglise ; ils réjouissent l'œil de Dieu, qui y voit une extension de la vie et des vertus de son divin Fils.

Chastes et humbles filles du Seigneur, jouissez en paix de votre recueillement mystique ; veillez et priez pour nous !

Pieuses filles de Sainte-Thérèse, dont le sort est de cueillir sur le

---

(1) 2. Cor. IV, 18.

Carmel le lis de la pureté et de le garder dans les épines de la
pénitence, comment pourrions-nous oublier les liens qui nous rattachent à vous? Ne sommes-nous pas nés du même père, et les fils
d'Olier ne sont-ils pas comme vous les disciples de Bérulle, ce pieux
et savant cardinal auquel la France est redevable de tant de bienfaits?

Dignes filles de Saint-François de Sales, depuis longtemps nous
avons appris à vous aimer, depuis longtemps nous sommes accou-
tumés à regarder votre Père comme le nôtre. Plus que jamais nous
sentons le besoin de sa protection; nous travaillerons à l'obtenir
en prodiguant nos soins à tout ce qu'il a aimé : il bénit la jeunesse d'Olier, il bénira ses enfants.

Après ces ordres illustres, je vois toute une nombreuse milice à
laquelle je ne puis dire encore tout ce que son dévouement m'inspire d'admiration et de reconnaissance, mais déjà j'en ai béni
Dieu qui en est la source! Ce sont les frères de la Doctrine chrétienne, les fidèles enfants du vénérable de la Salle, qui, lui aussi, a
connu l'influence de la douce vertu d'Olier et de ses disciples; ce
sont encore les Maristes; ce sont les sœurs hospitalières de Sainte-
Marthe, puissante création du zèle de Mgr. Georges, précieux bienfait dans lequel il se survit au milieu de vous ! Nous savons quelle
main prudente le seconda dans cette œuvre sainte et utile; nous
serons heureux de vous assurer la continuation de ses généreuses
sollicitudes.

Ce sont les Filles de la charité de Saint-Vincent de Paul, qui
sont partout où se trouve une misère à soulager, une souf-
france à apaiser, un sacrifice à accomplir. Toujours fidèles aux
maximes de leur incomparable fondateur, elles diversifient, sans
l'altérer jamais, l'esprit de leur charité militante, et se font *tout*

à tous, comme l'Apôtre : « *Omnibus omnia* » ; ce sont les sœurs de Sainte-Claire ; les Ursulines ; les religieuses de Picpus ; les sœurs du Sauveur ; les sœurs de Notre-Dame des Anges ; les sœurs de Nevers ; les sœurs de la Doctrine chrétienne ; les sœurs de l'Instruction chrétienne, qui, elles aussi, se rattachent par leur origine au zèle ardent d'Olier et à celui du pieux abbé de Lantages, son digne élève ; enfin les sœurs de l'Immaculée-Conception, dont le nom nous rappelle un des grands bienfaits que Dieu a répandus de nos jours sur son Église.

Ne sommes-nous pas encore autorisé à voir un secours de Dieu dans ces familles respectables, et, grâces au ciel, nombreuses parmi vous, où les traditions chrétiennes se transmettent avec les souvenirs glorieux des ancêtres ? Nous comptons sur leur concours religieux pour les œuvres qui intéressent notre sollicitude pastorale.

Nous serons soutenus et secondés par les dépositaires de l'autorité publique. Nous aurons pour appui ces magistrats intègres auxquels sont confiés la paix et l'honneur des familles : nous serons aidés par ces hommes éclairés dont la Providence a récompensé le travail, et que les événements ont heureusement portés à la fortune ou aux honneurs. Enfin, nous aurons pour auxiliaires ces classes nombreuses de citoyens dévoués auxquels les fonctions civiles ont mieux appris à connaître la nécessité de la religion, parce qu'elles leur ont permis de voir de plus près le danger que courent les sociétés qui entreprennent de vivre, de grandir et de prospérer sans Dieu !

Peuples du Périgord, nous savons que l'honneur, la loyauté, la dignité de la conduite, la confiance dans les rapports sociaux et dans le commerce habituel de la vie forment le caractère qui vous distingue. Sans doute, ces qualités ne suffisent point pour le salut; mais nous espérons que Celui dont la bonté vous a si libéralement départi les dons qui font l'homme honnête devant ses semblables ne vous aura pas refusé ceux qui le font juste et saint devant Dieu. C'est à cultiver et à développer en vous ces germes divins que nous venons consacrer notre vie et nos travaux. Volontiers nous nous écrions avec le Prophète : « C'est un grand et bel héritage que le Seigneur m'a donné : *Funes ceciderunt mihi in prœclaris ; etenim hœreditas mea prœclara est mihi* (1). »

III. Nous venons, N. T.-C. F., de parcourir rapidement les ressources et les moyens d'action que nous espérons trouver au milieu de vous. Nous ne vous aurions pas dit toute notre pensée, et peut-être n'aurions-nous pas répondu à toute votre attente, si nous ne vous disions encore comment nous envisageons notre propre tâche au milieu de vous, dans ce concert de dévouements que nous sommes appelé à diriger. Vous nous demandez ce que nous nous proposons d'apporter nous-même et d'ajouter à tous ces éléments de bien et de prospérité religieuse. Nous vous le dirons avec une grande simplicité, sans rien dissimuler de notre pensée, et nous emprunterons pour le faire le langage du pieux prélat que vous pleurez. Une maxime a été la règle de sa vie : « Dieu a voulu, disait-il, que je devinsse votre Évêque, je tendrai par tous mes efforts à l'être véritablement » : nous aussi nous voulons chercher la règle de notre vie dans le titre sacré que nous portons.

Qu'est-ce donc qu'être Évêque ?

Être évêque, c'est appartenir à tous et ne plus s'appartenir à soi-

---

(1) Ps. xv, 6.

même ; c'est, dans la plus haute dignité et avec la plus haute autorité du sacerdoce, être le père d'une famille, le chef d'une Église
qui vit de sa vie propre dans la grande unité de l'Église catholique.
Être évêque, c'est être au milieu de vous le successeur des Apôtres
et le vicaire de Jésus-Christ lui-même, pour continuer son œuvre
sur vous.

Etre Évêque, c'est être l'homme de la doctrine, le gardien
de la foi, le prédicateur de la vérité dans l'Église ; c'est être le
dispensateur de la grâce, le défenseur de la sainteté des sacrements
divins, qui en sont les canaux ; c'est être législateur et juge ; c'est
commander à tous avec autorité, sans faiblesse comme sans passion ; c'est dire aux grands et aux puissants, quand il le faut : Cela
n'est pas permis ; c'est dire aux faibles et aux infirmes : Ayez confiance, Dieu le veut.

Etre Évêque, c'est veiller à la dispensation des dons célestes auxquels est attaché le salut éternel ; c'est diriger le cours des canaux
mystérieux qui portent aux âmes la vie divine ; c'est travailler sans
relâche à féconder le champ où le père de famille doit un jour ve-
nir moissonner le bon grain pour l'amasser dans ses greniers ; c'est
disposer les pierres vivantes qui doivent entrer dans la construction
de la Jérusalem céleste ; c'est préparer sur la terre la société du
peuple élu qui régnera éternellement avec Dieu dans le ciel.

Etre Évêque, c'est être au milieu de vous l'image vivante de
Dieu, en porter le nom, en accomplir les œuvres, en exercer les
pouvoirs, en montrer à tous la sainte et sublime énergie ; c'est être
son œil qui contemple, son regard qui vivifie, sa main qui soutient
l'infirme, dirige le juste, guérit le pécheur, châtie l'obstiné ; c'est
être surtout son cœur, ce cœur rempli d'amour qui a toujours de
nouveaux bienfaits à verser sur le monde ! Nous dirons tout en

un seul mot : être Évêque, c'est vous apporter la plénitude de la vie divine, de cette vie que le Fils de Dieu puise au sein du Père, et dont il veut que nous soyons les dispensateurs pour vos âmes. Le sacerdoce tout entier coopère à ces nobles fins; mais l'Évêque en a la plénitude, et tous les autres ordres, dans l'exercice de leurs fonctions sacrées, relèvent de lui!

Certes, N. T.-C. F., ce peu de mots empruntés aux oracles de l'Esprit-Saint et à la tradition de toute l'Église depuis les premiers siècles seraient bien suffisants pour épouvanter l'âme la plus audacieuse. On serait tenté d'y chercher, d'y découvrir quelque exagération qui permît d'en réduire la grandeur aux proportions plus étroites de la faiblesse humaine. Mais il n'en est pas ainsi, et certes notre langage est encore bien au-dessous de celui des saints !

Que disait saint Pierre, le premier et le parfait modèle des Évêques, lui qui s'appelait le communicateur de la gloire : « *Qui et gloriæ communicator* (1)? ». En s'exprimant ainsi, ne nous fait-il pas entendre que le but des saintes et divines fonctions de la hiérarchie auxquelles préside l'Évêque est de communiquer aux âmes les dons précieux du ciel? Ailleurs, le même Apôtre ne nous enseigne-t-il pas que l'Évêque, par la plénitude du sacerdoce qu'il possède, uni à Jésus-Christ souverain prêtre, doit communiquer aux âmes la nature même de Dieu : « *Ut per hæc efficiamini divinæ consortes naturæ?* »

L'Évangéliste saint Jean avait-il une autre doctrine, lorsqu'il disait : « Ceux qui ont reçu Jésus-Christ, Fils éternel de Dieu, ont reçu aussi de lui le pouvoir de devenir fils de Dieu, et d'être, par adoption et par grâce, ce qu'il est par nature (2)? »

---

(1) I. Petr., V, 1,

(2) Quotquot autem receperunt eum, dedit eis potestatem filios Dei fieri. (Jo. ɪ, 12.) Videte qualem caritatem dedit nobis Pater, ut filii Dei nominemur et simus! (1. ep. Jo. ɪɪɪ, 1.)

. Saint Paul ne tient point un autre langage, et ce divin Docteur de la grâce a révélé à tous, dans ses admirables Épitres, le but de son apostolat et de son épiscopat : «Que la grâce de Notre-Seigneur Jésus-Christ, la charité de Dieu et la communication de l'Esprit-Saint soient avec vous tous. — *Gratia Domini nostri Jesu Christi et caritas Dei, et communicatio Sancti Spiritus, sit cum omnibus vobis* (1). »

Voulons-nous des témoignages plus rapprochés de nous? Nous les trouvons à chaque page de la tradition catholique. Entendons le grand et illustre auteur des livres de la Hiérarchie ecclésiastique, lequel a puisé au cœur même de saint Paul, son maître, sa sublime doctrine : « Il est nécessaire, nous dit-il, que l'Évêque soit un homme tout divin, car il doit communiquer aux âmes l'image parfaite de Dieu, après l'avoir formée d'abord en lui-même. » *Necesse est ut ipse pontifex... in sacris mysteriis et rebus perficiatur et deificetur, et divinam similitudinem, quæ ipsi divinitus inest, fideliter impertiat* (2).

Un autre saint et savant docteur consigne dans ses écrits la même doctrine en caractères vraiment dignes d'être cités : «L'Évêque, nous dit-il, par le sacerdoce dont il possède la plénitude, doit donner à l'âme des ailes, l'arracher au monde et l'élever à Dieu. Son devoir est de conserver en elle l'image de Dieu qui y a été gravée ; il doit la protéger contre les périls qu'elle peut courir, la rétablir lorsqu'elle a souffert quelque atteinte, et lui rendre son éclat et sa beauté première ; il doit former Jésus Christ dans son cœur et l'y faire demeurer : pour tout dire, en un mot, celui que l'Évêque

(1) 2. Cor. XIII. 13.
(2) S. Denys. de Hierar. Eccles.

prend dans le camp du Seigneur, il en fait un Dieu, et il lui donne des droits à l'éternelle béatitude. C'est à ce but que tendent la loi et les prophètes, et le Christ lui-même, consommateur de la loi. A cette fin se rapportent les anéantissements de la Divinité, les mystères de la gloire accomplis dans la chair, et ce mélange nouveau et ineffable qui de Dieu et de l'homme à fait un Homme-Dieu (1). »

Quel admirable langage ! quelles pensées sublimes ! quel idéal magnifique et terrible à la fois des destinées qui nous sont faites ! Quoi donc ? telles vont être nos fonctions parmi vous, telle notre dignité, telles nos grandeurs ! Plus elle nous élèvent vers Dieu, plus elles nous font sentir le poids de notre néant ; plus elles nous glorifient, plus elles nous écrasent !

Et toutefois nous ne sommes pas découragé, nous rappelant cette parole de saint Paul : « Lorsque je suis faible, c'est alors que je suis fort : *Cum enim infirmor, tunc potens sum* (2). Je puis tout en celui qui me fortifie : *Omnia possum in eo qui me confortat* (3).

A l'exemple du grand Apôtre, nous chercherons notre force et notre gloire dans les humiliations et dans les abaissements de Jésus-Christ, et, puisque nous avons été choisi, « nous qui n'étions pas », nous nous appuierons sur la vertu divine. En prêchant la force et la sagesse, nous nous unirons à Elle pour n'exister que par Elle :

---

(1) Saint Grég. Naz. Orat. 1.
(2) 2. Cor. xii, 10.
(3) Phil. iv, 13.

Christum, Dei virtutem et Dei sapientiam; tout par Jésus-Christ, vertu de Dieu et sagesse de Dieu (1).

Non, l'œuvre que nous venons accomplir au milieu de vous n'est point une œuvre humaine. Si elle accepte le concours de toutes les puissances de la nature, l'élévation de l'âme, la fermeté du caractère, la noblesse du cœur, la prudence des conseils, l'éloquence des discours, elle n'emploie toutes ces ressources que pour les subordonner à l'action de la grâce, et, le plus souvent, pour les lui sacrifier. Quand l'industrie des hommes est impuissante et leur habileté confondue, c'est alors que la confiance en Dieu et l'abandon à sa conduite triomphent sans difficulté des plus grands et des plus insurmontables obstacles.

Voilà, N. T.-C. F, ce qui fait le fondement de nos espérances, et ce que, dès nos premières communications, nous tenions à vous dire. En même temps que nous nous exhortons et que nous nous rassurons nous-même en pensant aux promesses de la divine miséricorde, nous aimons aussi à vous répéter à tous : Ayez confiance, « *Si Dieu est avec nous, qui sera contre nous · si Deus pro nobis, quis contra nos ?* (2) »

IV. Mais l'œuvre divine ne serait pas complète, N. T.-C. F., si elle n'avait pas pour couronnement l'unité, qui doit faire sa force et sa grandeur. Envisageons cette œuvre dans tout son ensemble, et voyons sa vaste unité se dérouler à travers les siècles.

Les disciples du Sauveur, initiés sur le Thabor aux divins secrets

---

(1) I. Cor. i, 24.
(2) Rom. viii.

de sa sagesse et de son amour, admiraient en Jésus-Christ, qu'ils voyaient dans sa gloire, l'héritier des siècles, l'abrégé des éternels desseins ; celui en qui Dieu s'est plu à établir et à renouveler toutes choses. *Placuit Deo instaurare omnia in Christo* (1). En contemplant le chef qu'ils voyaient, nous dit saint Augustin, ils ont cru à son corps mystique qu'ils ne voyaient pas, mais que la foi leur découvrait en lui ; en contemplant ce corps mystique que nous voyons, nous croyons à Jésus-Christ que nous ne voyons pas, mais que la foi nous assure être présent dans son Église. Ainsi nous avons tous la même foi, et nous savons que la plénitude des dons divins habite en Jésus-Christ. Oui, Jésus-Christ est contenu dans son Église, et il la renferme en lui-même par un mystère d'union ineffable. Étendu avec son Église à travers les temps et les espaces, c'est lui qui vit, qui souffre et qui triomphe en elle.

Jésus-Christ, mes Frères, était hier, il est encore aujourd'hui, il sera demain : les siècles sont à lui, c'est lui qui les a faits, et il les remplit incessamment des signes de sa présence en les enrichissant des dons de son amour. Née, dès le premier jour, au paradis de délices, où elle entendit la voix de Dieu qui lui parlait ; ou plutôt, descendue du ciel avec Dieu, au jour de la première des manifestations divines, l'Église chrétienne n'a pas cessé de prêcher Jésus-Christ, et elle le proclamera jusqu'à sa consommation dans le sein de Dieu, où elle retourne. Comme Jésus-Christ, son divin époux, elle dit : *Je suis venue du sein de Dieu, et je reviens à lui : Exivi a Patre, et vado ad Patrem* (Joa. xvi. 28) ; mais, retournant à Dieu, elle nous y porte avec elle ; et, destinée à régner, fille, épouse et mère de Dieu, elle se souvient qu'elle est aussi notre mère ; elle veut faire partager à tous ses enfants ses glorieuses destinées qui sont celles

---

(1) Éphes. x. 10.

de Jésus-Christ, son chef : « *Qui vicerit, dabo ei sedere mecum in throno meo* (Apoc. III. 21). »

L'Église, N. T. C. F., est le grand instrument de Dieu, et, si nous l'osons dire, son organe, par lequel il dispense incessamment au monde les dons, la vie et le gage de l'éternelle félicité.

Or l'Église est une société, et, comme toute société, elle se compose d'un peuple qui est gouverné, et d'un pouvoir qui gouverne. Spirituelle et corporelle tout ensemble, comme Jésus-Christ qui l'a faite, comme l'homme pour qui elle est faite, elle doit avoir une existence toujours visible; elle doit aussi avoir pour caractère l'universalité, parce que toutes les âmes sont appelées à entrer en elle : telle est la forme que Jésus-Christ lui a donnée. Voilà ce que vous comprendrez un jour, nous l'espérons, Frères, toujours bien-aimés quoique séparés, et alors vous ne protesterez plus contre l'autorité de votre mère, et vous ne refuserez plus d'avoir part à ses bienfaits.

Si Jésus-Christ s'était contenté de jeter dans le monde, en les abandonnant au souffle de la tempête, la vérité et la grâce dont il était le médiateur, il n'y aurait point eu d'Église ; chaque âme vivrait isolée et chercherait des communications directes avec Dieu, au risque, hélas! de s'égarer bien souvent dans cette voie périlleuse, ou d'être réduite à se contenter des lambeaux de vérités morales. La raison peut les atteindre, mais elles ne servent le plus souvent, après mille défaites, qu'à l'obliger de proclamer bien haut son insuffisance.

Dieu a eu pour nous de meilleurs desseins : fondant son œuvre sur Jésus-Christ, le Verbe incarné, qui était venu, sous la forme d'un homme, mais avec l'autorité d'un Dieu, imposer au monde la vérité et la loi, en même temps qu'il lui donnait la grâce et la justice, il a voulu que la hiérarchie, établie par lui dans l'Église, continuât, sur les âmes, le ministère qu'il avait exercé lui-même. Par là, l'unité sociale des âmes était créée dans l'ordre surnaturel; par là, toutes les vertus étaient glorifiées, et, sur elles, était imprimé le cachet de Dieu même.

Quelle est, N. T.–C. F., la fonction propre de l'évêque dans l'exécution de ce plan divin? L'évêque est le chef des ministres choisis par Dieu. De l'évêque, comme nous l'avons dit, relèvent les divers ordres, que Dieu lui-même ou son Eglise ont fondés. L'épiscopat, bien qu'il communique directement avec Dieu qui l'a constitué, a, lui aussi, parce qu'il est un, son chef et son centre d'unité dans le Souverain Pontife; tous ceux qui possèdent l'épiscopat le possèdent en quelque sorte solidairement et par indivis, mais ils reconnaissent et proclament la primauté d'honneur et de juridiction que Jésus-Christ a conférée à Pierre et à ses successeurs.

Voilà pourquoi, pour un évêque, défendre les prérogatives du Saint Siége c'est défendre sa propre cause. Pourrait-il, sans crime et sans péril, laisser attaquer impunément celui que toute l'antiquité chrétienne et toute la tradition des Églises appelle l'Evêque des évêques, le père des pères, le patriarche universel, le vicaire de Jésus-Christ? Dans tous les âges et sous tous les cieux, les Evêques du monde catholique ont tourné leurs regards avec foi, obéissance et amour vers le siége de Pierre; dans tous les âges et sous tous les cieux, ils se sont fait gloire de ne rien faire comme de ne rien dire qu'en communion avec lui.

Cet ordre de hiérarchie si admirable, quoique souvent menacé par les passions des hommes, n'a jamais cessé d'exister dans

l'Eglise ; il est gardé par celui qui a dit : « je suis avec vous
« jusqu'à la consommation des siècles ; » et encore : « les portes de
« l'enfer ne prévaudront point : » « *Ecce ego vobiscum sum*
« *quotidie usque ad consummationem seculi — portæ inferi non*
« *prævalebunt.* »

L'Eglise et son chef vénéré vivent de la même vie ; tressaillent
des mêmes joies, souffrent des mêmes douleurs : l'indépendance de
la chaire apostolique est l'indépendance de l'Eglise, l'indépendance
du monde ; et, quand cette indépendance semble menacée, les
évêques se lèvent pour la défendre et la consolider. Admirable
spectacle, N. T. C. F., qui console nos cœurs dans les temps de
douloureuse angoisse que nous traversons. Fixons plus que jamais
avec amour nos regards sur notre père bien-aimé : au sort de cette
grande et sainte victime sont attachées les espérances et les craintes
de tous les enfants de l'Eglise. L'ingratitude des hommes le livre
comme elle livrait autrefois Celui dont il est la figure. Pourquoi les
peuples frémissants ont-ils médité de vains complots contre Dieu
et contre son Christ ? Témoignons à notre Saint Pontife d'autant
plus d'amour et de dévouement que sa douleur est plus amère et sa
résignation plus sublime. Sa double royauté a été méconnue : des
enfants égarés et coupables ont voulu se soustraire à son autorité.
Ils reviendront, nous en avons l'espérance ; ils comprendront
qu'en repoussant cette couronne, ils ont repoussé leur gloire. Et
toi, ville éternelle, à laquelle les Pontifes-Rois, que Dieu t'a
donnés ont procuré plus de grandeur que n'en rêvèrent jamais
pour toi tes consuls et tes Césars, tu sauras un jour que ta prospérité, ton bonheur et ta paix sont dans ta soumission à tes Pontifes !

Dans ces jours d'angoisse et d'amertume, N. T. C. F., le tribut
de nos larmes et les témoignages de notre douleur consolent et
fortifient le cœur de notre bien-aimé Père ; mais il est encore

d'autres devoirs pour des enfants dévoués et fidèles : nous devons le soulager et l'aider à traverser les jours mauvais ; ce sera là une de nos plus chères sollicitudes, comme c'est un des besoins les plus impérieux de nos cœurs.

V. Nous venons N. T. C. F., de vous entretenir de l'œuvre divine, de la hiérarchie considérée en elle-même, du rang de l'évêque au milieu des peuples, de sa place dans l'Eglise catholique, des liens sacrés qui l'unissent au Saint Siége : il nous resterait à vous parler de son rôle en face du temps présent, au milieu des événements, des doctrines, des progrès, des idées, des institutions, qui caractérisent les Sociétés contemporaines.

Chacun de ces sujets réclamerait des instructions étendues qu'il nous sera donné de faire, s'il plaît à Dieu, dans le cours de notre carrière au milieu de vous ; Nous ne pouvons que les effleurer aujourd'hui, et aller ainsi au devant des questions que votre esprit se pose en pensant à nous et à ces choses si pleines d'intérêt et de grandeur.

Quel est en ce moment l'état de la Société, N. T. C. F.? A cette question les réflexions se pressent en foule dans notre esprit et chacune d'elles Nous rappelle des devoirs graves et nombreux.

Nous entrons dans l'épiscopat au moment où, comme toujours, mais plus que jamais, la Société a besoin de règle, de paix et de lumière. Au milieu du mouvement des doctrines Nous maintiendrons la foi, persuadé, malgré tant d'apparences contraires, qu'elle est le besoin senti des âmes élévées ; Elle reçoit déjà l'hommage involontaire de bien des esprits. Nous croyons que le

temps et les institutions modernes lui réservent, après de grandes
tristesses, des jours de paix et de victoire.

Le clergé de France, depuis un siècle, a su mourir pour conserver l'unité, mourir pour apaiser les discordes, mourir pour convertir
les âmes : il est marqué de ce triple sceau ; la fidélité est son honneur, la paix est son parti, la charité est sa passion. A ces noms
d'unité, de fidélité, d'honneur, se réveillent plus forts dans nos âmes
les sentiments de respect et d'amour qui attachent tous les fidèles
au Souverain Pontife. Comment ne pas revenir encore sur la douleur que nous éprouvons en présence des attaques auxquelles, dans
ses impénétrables conseils, Dieu permet qu'il soit en butte aujour-
d'hui ! A la vue des excès d'une ambition sans mesure, les hommes
de foi et d'honneur sont tentés sans doute de les flétrir sans pitié et
de laisser tomber sur les coupables les anathèmes d'une sainte
indignation ; mais un vrai catholique ne profère pas des paroles de
haine et de colère : homme de paix et de concorde, il en appelle
au souverain juge de l'oppresseur comme de l'opprimé, il en appelle à Dieu ! Confiant dans cette puissance suprême, attendons
avec calme le jour du Seigneur. Ne pouvons-nous pas d'ailleurs,
N. T.-C. F., livrer nos âmes à des espérances meilleures, lorsque
la France, cette fille aînée de l'Église, la France si fidèle et si puissante est gouvernée par un Souverain jaloux d'étendre le domaine
de la foi ? Sa main victorieuse relève la croix sur les temples de la
Chine, protège avec un zèle désintéressé nos malheureux frères de
Syrie et fait revivre en Orient la gloire chrétienne du nom français
à jamais illustré par Saint-Louis dans ces contrées lointaines, en
même temps qu'il soutient le prestige immense du vainqueur des
Pyramides. Oui, nous avons la confiance que, sous de tels auspices,
les temps d'épreuve ne seront pas de longue durée, et que l'Eglise
retrouvera la paix, l'ordre et la liberté qui lui sont nécessaires pour
porter ses fruits de sainteté, de vertus et de civilisation.

Nous arrivons donc parmi vous le cœur calmé par d'heureuses espérances, n'ayant pour les personnes avec lesquelles notre charge doit nous mettre en relation que le sentiment de la gratitude et de la confiance; en un mot, plein de courage et plein d'espoir. Dieu veuille bénir de si chères espérances, et vous, nos bien-aimés Frères, portez-les par vos pieuses prières au pied du trône de Dieu.

Pour vous, ô Saint Pontife Pie IX, que toute l'Église regarde en ce moment; ô chef, ô pasteur, ô Père, quelle parole vais-je envoyer à votre cœur en ce moment, où pour la première fois tombe de mes lèvres le langage épiscopal? Quel accent vais-je donner à cette parole? O Père de nos âmes, rien dans vos malheurs ni dans vos angoisses ne nous demeurera jamais étranger!

Puissent ces prières et ces espérances arriver jusqu'au cœur de Celui qui est en ce monde la fidèle et vivante image du Christ, et qui, vraiment prêtre, c'est-à-dire à la fois victime et pontife, ne cesse de souffrir et d'intercéder pour les hommes! Puissent-elles lui porter, au milieu de ses amertumes et de ses angoisses, un peu de consolation et de soutien, en lui montrant dans les rangs de l'épiscopat français une tendresse filiale et un dévouement de plus!

A CES CAUSES,

L'Esprit-Saint invoqué, nous avons ordonné et ordonnons ce qui suit :

ARTICLE PREMIER.

Pour attirer les grâces de Dieu et les bénédictions de la très-sainte Vierge Marie sur notre épiscopat, tous les prêtres de notre diocèse réciteront pendant neuf jours, au saint sacrifice de la Messe, les *Collecte, Secrète* et *Post-Communion de Spiritu Sancto* et *de Beata Virgine Maria.*

Art. 2.

Nos très-chères Filles, les Religieuses des diverses communautés, et les fidèles de notre diocèse sont invités à faire une communion à la même intention.

Art. 3.

Nous confirmons et continuons *usque ad revocationem* les pouvoirs ordinaires et extraordinaires accordés aux prêtres de notre diocèse par notre vénérable prédécesseur ou par les vicaires capitulaires.

Art. 4.

En vertu d'un bref de notre Saint-Père le Pape Pie IX, en date du 28 avril 1861, nous accordons pour cette année aux confesseurs le pouvoir d'appliquer aux mourants l'indulgence plénière *in articulo mortis.*

Et sera notre présent mandement lu au prône du dimanche qui suivra sa réception dans toutes les églises et chapelles de notre diocèse.

† CHARLES THÉODORE,

Évêque de Périgueux et de Sarlat.

Par mandement de Monseigneur,

ALBERT D'ARMAILHAC,

Secrétaire.

Paris imp. de Paul Dupont, rue de Grenelle-Saint-Honoré, 45.